D1361669

L'Ourson de Secours

Texte original : Julia Volmert
Adaptation française : Christophe Rosson
Illustrations : Susanne Szesny

Gründ

Aujourd'hui, Julien et sa maman prennent le bus pour aller au marché. Ils achèteront des légumes frais, puis ils iront manger une glace.

– Viens, Julien, on descend ici ! dit maman.

Ils vont jusqu'au marché. Les étals colorés brillent sous le soleil ; dans l'air flotte une odeur de poulet grillé… Julien est tout frétillant, captivé par le gargouillis de la fontaine.

– Je veux aller voir la fontaine ! s'écrie-t-il.

– Ne lâche surtout pas ma main, lui répond sa maman, et nous devons d'abord faire les courses.

Maman achète des œufs et du fromage. Elle en goûte plusieurs afin de choisir. Julien aussi peut goûter, mais il n'aime pas le fromage.
Un peu plus loin, maman achète des saucisses.
– On va manger une glace ? demande Julien.
– Nous devons d'abord acheter des pommes de terre et une salade, lui répond-elle en l'entraînant vers un autre étal.
Avec ce monde, ils n'en finissent plus d'attendre leur tour.
– Et la glace, quand est-ce qu'on la mange ? pleurniche Julien.
Il en a de moins en moins envie.
– Tout de suite, lui répond-elle agacée car voici leur tour.

ALI

Ils ont acheté la salade, mais ils ne vont toujours pas chez le glacier : maman a découvert l'étal du poissonnier et il y a encore plus de monde que pour la salade. Elle porte tellement de cabas qu'elle a lâché la main de Julien.

– Je veux ma glace ! réclame Julien, grincheux.

– On y va tout de suite, lui répond sa maman.

– Martine ! appelle une dame derrière eux, en tapotant l'épaule de sa maman qui se retourne, le sourire aux lèvres :

– Brigitte ! Que fais-tu donc ici ?

Et elles se mettent à bavarder, à discuter, à papoter…

Julien sent son ventre tout creux. Une glace serait la bienvenue.

– Maman… ? commence-t-il avec prudence.

– On y va, mon trésor, répond-elle sans le regarder.

Julien est grognon. Pourquoi maman continue-t-elle à discuter avec une étrangère au lieu d'aller manger une glace avec lui ? Il voit à nouveau la fontaine qui scintille au soleil. Et maman parle encore. Elle ne le surveille plus. S'il allait jusqu'à la fontaine, elle n'y verrait que du feu, surtout s'il revenait en un clin d'œil. Et le voilà qui court.
– Splatch… Tu es tout trempé ! s'écrie un petit garçon avec une casquette rouge, tout en l'aspergeant.
Furieux, Julien se précipite sur lui. Mais celui-ci décampe et court se cacher derrière un étal. Julien le poursuit, mais ne le trouve pas. Il entend son estomac gargouiller.

Cette fois, il lui faut vraiment une glace.

Il revient en arrière pour retrouver sa maman. Pourvu qu'elle ne se mette pas en colère en le voyant tout trempé. Il se retourne. Mais où est passée la fontaine ? Il comprend alors qu'il s'est perdu. Il est dans la zone piétonne : partout des étals, des gens qui marchent, de-ci, de-là... Comment retrouver maman ? Les larmes aux yeux, il reprend sa course.

– Ça va, petit ? lui demande un grand monsieur tout maigre.

Julien n'ose pas répondre. Maman lui a parlé des méchants messieurs. Il sait qu'il ne doit pas parler aux inconnus. Il fait demi-tour. La place du marché doit bien être quelque part !

Beaty

Soudain, voilà le grand arrêt de bus de ce matin. Ouf ! Avec le bus rouge, Julien rentrera chez lui tout seul. Madame Delcourt, la voisine, lui ouvrira et maman finira bien par revenir aussi…
Eh, mais que se passe-t-il ? Il voit toute une rangée de bus. Deux d'entre eux sont rouges. Lequel est le bon ? Julien n'en sait rien. Et en voilà un autre qui arrive : encore un bus rouge ! Et puis deux jaunes. Julien avait toujours cru qu'il n'y avait qu'un seul bus.

Maintenant, il ne sait plus où aller. Il va partir à la recherche du marché. Mais dans la ruelle où il se trouve, il n'y a pas un seul étal. Sa veste est encore trempée. Cette fois, Julien ne peut plus contenir ses larmes de peur, de froid, de faim. Il se réfugie dans la tiédeur d'un magasin, mais une caissière dodue le dévisage et lui demande :

– Dis donc, petit, où elle est ta maman ?

Julien prend peur et ressort en courant.

Aveuglé par les larmes, Julien ne voit plus où il va, quand il trébuche contre une dame qui vient vers lui. Le voilà entouré d'enfants : ce sont les petits d'une maternelle avec leur maîtresse.
– Qui es-tu ? lui demande gentiment la maîtresse.
Julien est tellement ému qu'il n'arrive pas à répondre.
– Je suis madame Renon et voici madame Bimont. Nous revenons d'une sortie, lui explique-t-elle. Tu as perdu ta maman en ville ?
Julien hoche la tête. Madame Renon a l'air gentille. Pourtant, aucun son ne sort de sa gorge tellement il a peur de ne jamais retrouver sa maman.
– Viens avec nous jusqu'à l'école, lui dit madame Renon. En chemin, ton nom va te revenir et nous pourrons retrouver ta maman.

Une fois à l'école, madame Renon lui demande :
– Tu t'appelles peut-être Martin ?
Julien fait signe que non.
– Alors peut-être Gaston ?
– Mais non, je m'appelle Julien ! répond-il en riant.
Madame Renon lui sourit :
– Comment n'y ai-je pas pensé plus tôt ! Et ton nom ?
– Je m'appelle Julien Pointeau, répond-il tout fier.
Mais sa rue, son numéro de téléphone, impossible de se les rappeler.
Pendant que madame Bimont demande à la police de trouver la maman de Julien Pointeau au marché, madame Renon emmène Julien avec les autres enfants.
– Julien, sais-tu ce que nous donnons aux enfants pour le cas où ils se perdraient ? Ils ont tous une fiche d'identité.

Élise, une petite fille, montre alors à Julien un ourson en peluche avec une fermeture à glissière. Elle en sort une fiche et lui explique :
– Regarde, j'ai toujours sur moi mon ourson de secours avec ma fiche. Dessus, j'ai écrit mon nom, mon adresse, notre numéro de téléphone et le portable de mes parents. Si je me perds, je montre ma fiche à un policier, une vendeuse ou une dame avec un enfant et ils appellent mes parents pour leur dire où je suis et leur demander de venir me chercher. Mais je ne dois jamais suivre des inconnus chez eux ni monter dans leur voiture.
– Tu as très bien expliqué, Élise, la félicite madame Renon.
– J'aurais bien besoin d'une fiche comme celle-ci ! s'exclame Julien.

– Nous allons en fabriquer une, dit madame Renon. Et pour qu'elle te serve même en vacances, nous allons écrire « *Je m'appelle…* » en plusieurs langues. Tout d'abord en français. Hanelore, tu viens d'Allemagne, dis-le nous en allemand.
– *Mein Name ist…* répond Hanelore.
– En anglais, c'est *My name is…* dit Patrick.
– *Mi nombre es…* en espagnol ! lance Diego.
– Si vous allez à l'étranger, vous écrirez cette phrase dans la langue du pays sur la ligne suivante, termine madame Renon.

Tout à coup, quelqu'un sonne à la porte. C'est la maman de Julien. Il se jette dans ses bras et tous deux ont l'air heureux de se retrouver. Maman lui explique qu'elle était allée à la police pour voir si on ne leur avait pas ramené son fils.
Un gentil policier l'a conduite à l'école sur-le-champ.
– Est-ce que tu es fâchée que je sois mouillé et que je me sois perdu ? demande Julien.
– J'étais si inquiète, répond-elle en le serrant très fort dans ses bras.
Elle pleure de joie que son petit garçon soit sain et sauf.
– Regarde, maman, annonce Julien, madame Renon me faisait faire une fiche d'identité !
– Quelle bonne idée ! approuve maman, qui ajoute aussitôt le nom de la rue où ils habitent, le numéro de téléphone de la maison et son numéro de portable.

A
B

– Julien, regarde dans ce carton, dit madame Renon.
Julien y plonge une main hésitante et en sort une petite peluche : c'est un ourson de secours !
– Je peux le garder ? demande-t-il, tout excité.
– Bien sûr, il est à toi, répond madame Renon avec un sourire, mets-y ta fiche et accroche-le à ta veste quand tu sors.
– Oh, merci ! s'exclame Julien, tout fier de glisser sa fiche dans l'ourson et de dire à sa maman : si je me perds encore, je n'aurai plus peur. Je donnerai ma fiche à une vendeuse ou à un policier pour qu'ils t'appellent, toi ou papa, et que vous veniez vite me chercher.
– Ne te reperds quand même pas tout de suite, répond-elle.
Ils remercient tout le monde et quittent l'école.
– On va manger une glace maintenant ? demande Julien.
Maman fait signe que oui en lui donnant un gros baiser.

Bio

Chez le glacier, Julien mange une énorme coupe de glace.
– Tu n'aurais pas dû partir en courant, lui dit sa maman. Mais je crois que tu as compris.
– Oui, répond Julien.
– Dorénavant, poursuit-elle, nous ferons tous les deux plus attention.
– Je t'aime maman, lui dit-il en se serrant contre elle. Et avec mon ourson de secours, je te retrouverai toujours !

Règles à suivre quand on se perd

Que faire si tu es perdu ?

Emporte toujours une fiche avec ton nom, ton adresse et le numéro de téléphone de tes parents. Tu peux la ranger dans l'ourson de secours.

Regarde autour de toi. Si tu trouves un policier ou un vendeur près de toi, va le voir : il t'aidera à retrouver tes parents.

Si tu te perds dans un grand magasin, un zoo ou un parc d'attractions, demande à une caissière de faire une annonce au micro. Tes parents l'entendront de loin et viendront te chercher.

Dans un parc ou à la plage, si tu ne retrouves plus tes parents, tu peux demander de l'aide au glacier. Sinon, cherche une mère avec son enfant ou quelqu'un qui a un téléphone portable et présente-lui ta fiche en lui demandant d'appeler tes parents ou la police.

Si tu demandes de l'aide à un inconnu dans la rue et qu'il te propose de monter dans sa voiture pour te raccompagner chez ta maman, réponds-lui : « Non » ! Jamais, même si tu es perdu, tu ne dois monter dans la voiture d'un inconnu.

Ne rentre pas non plus chez un inconnu, même pour téléphoner. Mieux vaut rester dehors.

Reste là où il y a du monde (dans un magasin, une école, un parc ou dans la rue), car tu trouveras toujours quelqu'un pour t'aider. Avec ta fiche d'identité et une personne qui voudra bien t'aider, tu seras vite de retour chez toi !

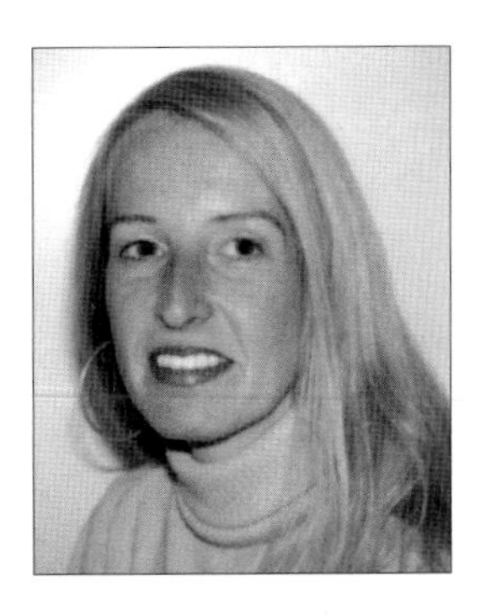

Susanne Szesny

est née en 1965 à Dorsten, en Allemagne. Après des études de communication visuelle, elle illustre de nombreux livres pour les enfants. Elle vit avec son mari et son fils à Duisbourg.

Julia Volmert

est née à Warburg en 1965. Elle a étudié la communication visuelle et est déjà l'auteur de nombreux livres pour les enfants, dont plusieurs ont été traduits en diverses langues.

Adaptation française : Christophe Rosson
Secrétariat d'édition : Jérémie Salinger

ISBN : 2-7000-3915-7
Dépôt légal : août 2003
www.grund.fr

Imprimé en Belgique par Proost

Loi n° 49-956 du 16 juillet 1949 sur les publications destinées à la jeunesse.